GEmaltes & GEreimtes

von

Moni Zielke

nach
Oscar Hölder

Rottweil, 1869
Moni Reibe

DANKE

Ich danke...

...Thorsten, der die Geduld hatte,
mir bei diesem Projekt zu helfen

...meinem Mann, der viele Abende auf mich verzichten musste

...allen die mich ermutigten weiterzumalen

...allen die immer für mich da sind

...meiner Mutter, die so stolz war, dass ich trotz meiner
Erkrankung so viele Ideen habe

...all denjenigen die mich vergaßen, so dass ich Zeit hatte
das alles zu verwirklichen

DANKE

Herstellung und Verlag:
Books on Demand GmbH, Norderstedt
ISBN 978-3-8370-7812-1

Springer-Ort
am Stadtgraben

Rottweil 1879
Horst Leike 08

Besinnliche Gedichte

Wenn ich heut' das christkind wär
Der platz unterm christbaum bliebe leer.
Ich frage mich auch so dann und wann
Wie 's christkind das alles schaffen kann.

Wird das christkind niemals müde?
Kriegt's vom großen vater nie eine rüge?
Einmal im jahr ist christkindltag
Ist's für das christkind wirklich keine plag?

Für milliarden von menschen auf dieser welt
Es viele geschenke untern tannenbaum stellt
Ich hoff' nur, es vergisst die armen auch nicht
Und wenn's nur ein warmes essen ist.

Einmal im jahr so eine plackerei
Na ja, dafür hat es ein ganzes jahr frei
Die freude in den kindergesichtern
Lässt die welt leuchten in milliarden von lichtern

Das biest

Ich habe eure zeilen vernommen
Sie sind bis ins tiefste herz mir gekommen
Ich hab dann gegrübelt und überlegt
Ob es mir wohl genau so geht.

Ja manchmal, da möchte ich morden wie besessen
Dieses biest MS erstechen mit messern
Es zerschnippeln und quälen, es aus mir reißen
Ihm endlich meine qualen durch ES beweisen.

Dann wiederum denke ich, moni halt ein
Es könnte noch viel schlimmer sein
Es gibt so viel elend auf dieser welt
Hast dir davon nur ein krümelchen bestellt.

Das krümelchen drückt zwar bisweilen ganz arg
Doch im großen und ganzen ist mein leben nicht karg
Ich lebe und liebe viel bewusster
Nicht mehr nach schema, nach altem muster.

Seelenspiegel

Wenn ich in den Spiegel schaue
sehe ich ein lächelndes Gesicht.
Als ich in meine Seele schaute
sie weinte - gestern -

Wenn ich in den Spiegel schaue
sehe ich ein trauriges Lächeln.
Als ich in meine Seele schaute
sie weint nicht mehr, sie hofft - heute -

Wenn ich in den Spiegel schaue
sehe ich ein optimistisches Lächeln.
Wenn ich in meine Seele schaue
sie lächelt wieder - morgen -

Nimm dir Zeit

Nimm dir mal zeit für dein leben
greif nach den sternen bei nacht
nimm dir auch zeit zum überlegen
was du daraus noch machst

nimm dir mal zeit für dein leben
lege dich ins hohe gras
lass deine gedanken schweben
sie sind zerbrechlich wie glas

nimm dir mal zeit für dein leben
genieße den sonnenschein
tu deine seele hegen
sie ist schon fast nicht mehr dein

nimm dir doch zeit für dein leben
tanze den pusteblumentanz
lass in die luft dich erheben
flechte dir aus spinnweben einen kranz

nimm dir doch zeit für dein leben
halte die freundschaft sehr fest
lasse uns sie noch erleben
machen wir daraus ein freudenfest

Gefangen

Gefangen in Seidenfäden -
der Tod

gefangen in Spinnweben -
das Leid

gefangen in der Dunkelheit -
die Trauer

gefangen in sich selbst -
die Sprachlosigkeit

entlassen ins Licht -
die Zuversicht

Geburt eines Sterns -
das Leben

gehauchte Gedanken -
die Liebe

Klang kommender Helligkeit -
das Licht

Gefühle aus Rosen -
die Zukunft

Warten

Ich kam so während ich wartete -
auf das ganz Unerwartete.
Es stimmt nicht ganz, stellt euch mal vor,
es handelt sich tatsächlich um Galgenhumor.

Der Mensch ist nun mal so geschaffen,
er tut sein Leben lang stets warten.
Er wartet auf dies, er wartet auf das,
er wartet weil man ihn vergaß.

Soll ich nun weinen oder lachen,
dagegen kann auch ich nichts machen.
Denn auch ich, ich warte pausenlos
denn warten scheint nun mal mein Los.

[...]

Das Telefon, es klingelt nicht,
niemand mehr der mit mir spricht.
Besuch bleibt aus, die Meute hetzt,
auch wenn es mich so sehr verletzt.

Ich warte auf versprochne Dinge,
ich warte einfach nur darauf,
dass nur ein Mensch den ich gut kenne
mich plötzlich nicht mehr warten lässt.

Doch scheint mir so, dass hier und dort,
es gibt weltweit keinen einzgen Ort,
an dem bekannt ich bin, man sich entsinnt,
die Moni gibt's noch, Menschenskind.

Vergessen

Irgendwie bin ich traurig
weiß manchmal nicht warum
hadere mit meinem Schicksal
weiß auch nicht warum.

Oft fühle ich mich einsam
obwohl ich es nicht bin
fühle mich vergessen
im eigentlichen Sinn.

Vergessen von Menschen
an denen mir lag
bin wohl selber daran schuld
weil ich niemals klag.

Dir geht es ja gut
hör' ich manche auch sagen
sie trauten sich nie
mich richtig zu fragen.

Du bist zufrieden, hör ich
auf die Frage nach meinem Befinden
man lässt mich nichts sagen
will es nicht wissen.

[...]

Besuche werden mir versprochen
ist alles nur geheuchelt
ach nein, es geht mir ja gut
Versprechen werden gebrochen.

Sind alle so mit sich selber beschäftigt
ist das Desinteresse also berechtigt
ich bleibe also weiterhin allein
wahrscheinlich muss es so sein.

Ich möchte keine Grüße mehr bekommen
was hab ich davon
sie sollen ihre Versprechen halten
haben sie Angst vor meinem Anblick bekommen?

Gleichgültigkeit ist es wohl
was die meisten daran hindert
es gäbe auch noch Telefon
auch da sind sie verhindert.

Ich hätte nie gedacht
dass man mich so schnell vergisst
dass wenn ich mich nicht melde
man mich nicht mal vermisst.

Stille

Still ist's hier
ich hör kein Lachen
ob wir uns zu viele Gedanken machen?

Still ist's hier
ich hör kein Reden
ich möchte doch die Welt bewegen!

Still ist's hier
ich hör keinen Ton
haben wir die Freude verlor'n?

Still ist's hier
ich möchte schnattern
ich höre kein Frühstücksgeschirr klappern.

Still ist's hier
ich hör keine Melodie
versinken wir in Melancholie?

Still ist's hier

Die Zeit verrinnt

Ich denke manchmal so für mich,
die Zeit ist schnell vergangen.
Zu schnell,
so denke ich für mich,
ich würd' sie gern einfangen.

Ich bin schon alt,
na ja, halbalt,
die Zeit die fließt dahin.
Wie gern hätt' ich mit dieser Zeit
noch ganz viel angefangen.

Das Schicksal hatte andres vor,
was wir davor nicht wussten.
Wir lebten gut, wir lebten schlecht,
und diese Zeit, der Herbst,
den lebt man am bewusst'sten.

Die Zeit, die läuft mir fast davon,
der Tag ist schnell vergangen.
Am nächsten Tag da möcht ich schon
- Gedanken eilen mir voraus -
die Stunden für jetzt einfangen.

[...]

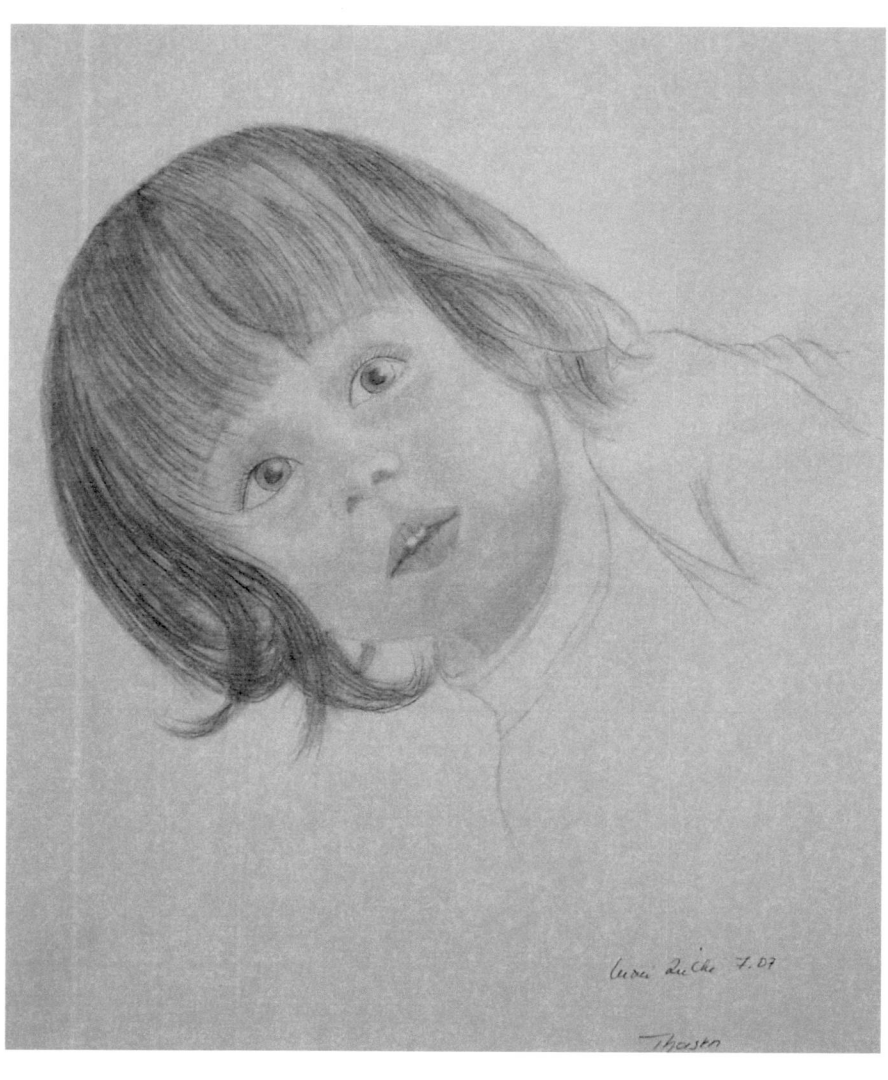

Doch halt, schon wieder eile ich,
wie in vergangnen Jahren.
Ich laufe jetzt der Zeit davon,
hab nichts gelernt, sie holt mich ein,
und schon hab ich verloren.

Doch irgendwann besinn ich mich,
tu das was noch so geht.
Ich freu' mich über meinen Mann,
den Sohn, der auch was dafür kann,
und seh' den Herbst in Farben.

Und weil ich endlich so weit bin,
kann ich es auch genießen,
das was ich kann, das was ich bin.
Die Zeit lass ich sein was sie ist,
ich warte ab, sie rinnt dahin.

Gedichte der Liebe

Wie die Rose...

Ich liebe dich wie die Rose die Farbe
Wie der Vogel die Luft
Wie der Himmel die Weite
Wie meine Nase deinen Duft

Ich liebe jedes Haar an deinem Körper
Manchmal auch deine Sprachlosigkeit
Sag mir deine Gefühle, schrei sie raus
Es macht mir nichts aus

Ich liebe auch deine Gefühle
So du sie mir sagen magst
Sperr sie nicht ein in dein Seelengewühle
Ich weiß, dass auch du dich plagst.

Ich liebe dich wie das Wasser die Bläschen
Wie mein Lippenstift deinen Mund
Ich liebe jede Borste in deinem Näschen
Schreibe mir für dich die Finger wund.

Für so viel Liebe die ich dir schenke
Ich schenke dir noch viel mehr... wenn du nur magst
Will ich nur alle Schaltjahre
Dass du „ich liebe dich" zu mir sagst.

Mit Haut und Haar

ich liebe dich mit Haut und Haar,
sag ja nicht, das ist doch nicht wahr.
Wenn's nicht so wär, das glaube mir,
wär' ich doch gar nicht mehr bei dir.

Ich liebe die Geheimratsecken,
auch fehlen Haar an andren Ecken,
macht nix, ich liebe dich auch so
ob mit, ob ohne..... sowieso.

Deine warmen Hände lieb ich auch.
Du legst sie wärmend auf mich drauf.
Vor Freude könnt' ich grad mal stöhnen,
ach können warme Händ' verwöhnen!

Ich liebe deine kleinen Macken,
manchmal kann ich darüber lachen.
Die Großen lieb ich nicht so sehr,
die Hauptsach' ist, 's werden nicht mehr!

Das Fazit dieser ganzen G'schicht
ich liebe dich so wie du bist.
Du bist mir treu, du stehst zu mir,
ich liebe dich auch da dafür!

GLÜCK

Träume in der erinnerung geboren,
in der Vergangenheit gelebt,
in der zukunft vergessen,
in gedanken verloren.

Du willst sie halten,
das glück nicht lassen,
und doch ist alles nur ein nebel
der deine sinne hat verwirrt.

Das glück, das kann man nicht pachten,
es kommt zu dem der hat begriffen,
dass Glück bereits das leben ist.

Die Wunderkerze

Ich zünde für dich eine Wunderkerze an
Lasse die Sterne weit fliegen über's Land
Nicht nur am Himmel soll ein Stern funkeln für dich
Nein, auch auf Erden soll erreichen er dich.

Ich zünde eine Wunderkerze an
Für den für mich einzigen Mann
Die Sterne sollen dich immer erinnern an mich
Sie sagen dir täglich -ich liebe dich-

Wenn eines Tages mein Stern ist erloschen
Schau in den Himmel, dort funkelt er noch
Zünde für mich eine Wunderkerze an
So dass die kleinen Sternchen dort oben kommen an.

Heitere Verslein

Nikolaussocken

Ich hab dem nikolaus gesagt
Dass ich oft kalte füße hab
Er war ganz lieb und dachte sich
Die moni friert ganz fürchterlich
Er zog die alten stiefel aus
Ein engelchen bracht' sie mir ins haus
Ach nikolaus, du alter mann
Was fang ich mit deinen stiefeln an
Das engelchen bracht' sie ihm zurück
Brachte mir ein päckchen, welch ein glück
Als ich es auspack, musste ich frohlocken
Er schickte mir ganz tolle socken
Jetzt hab ich warme niklausfüß
Ich dank dir niklaus, du bist süß

Marienkäferliebe

Ein marienkäfer mit acht punkten
Versprühte an eine SIE seine funken.

Die SIE aber war völlig nackig,
das fand der herr käfer ganz zackig.

Etwas zickig wurde daraufhin die SIE,
denn als nacktmodell fühlt' sie sich nie.

Schenk mir von deinen punkten viere,
mal sehn ob ich lass mich verführen.

So sprach sie, die SIE, und wandte sich ab,
das brachte herrn käfer mächtig auf trab.

Er riss sich vom flügel vier punkte,
bestückte damit die angefunkte.

So herrlich bestückt wurde auch sie nun verrückt,
und hauchte ihr JA ganz entzückt.

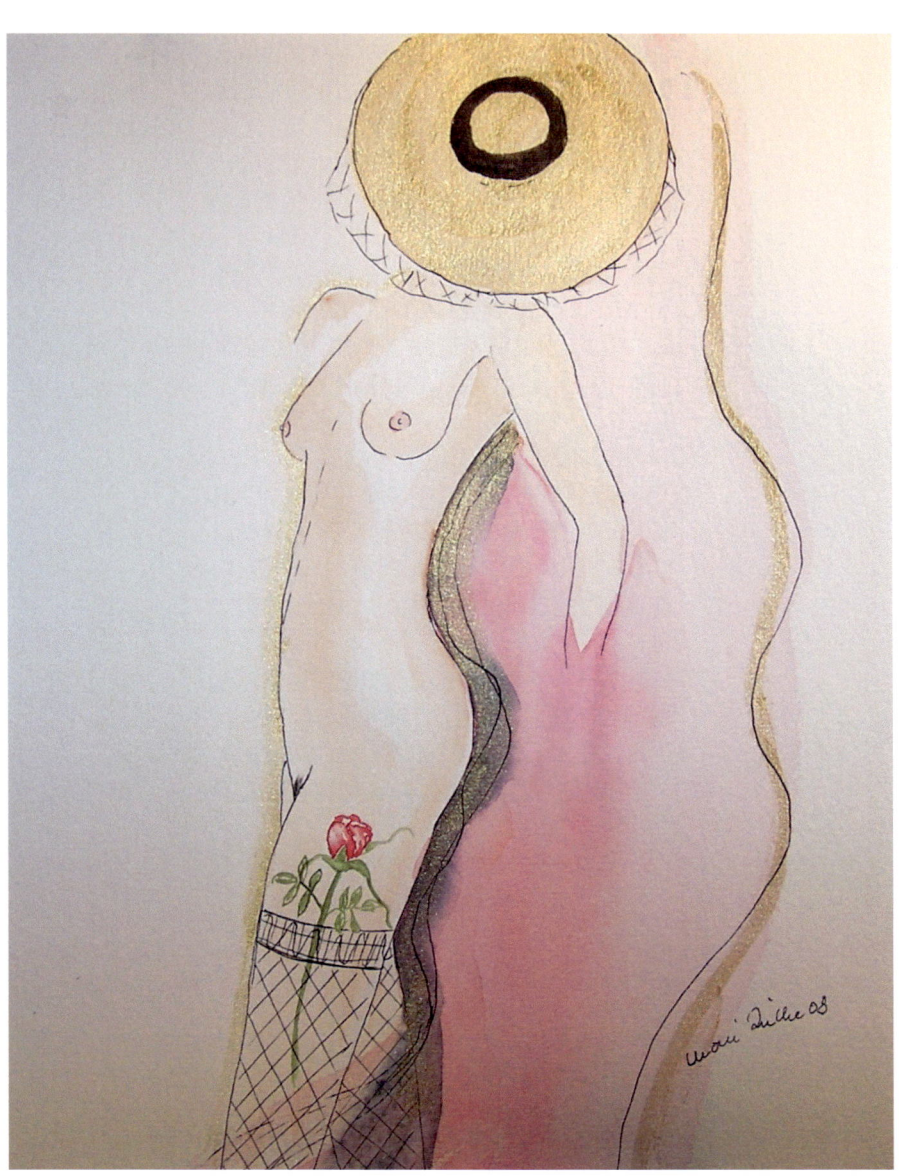

Gummistiefel

Ich pflatsche durch die braunen pfützen,
hab gummistiefel an.
Die bäume verlieren ihre mützen,
weiß nicht wie's loch in den stiefel kam.

Die stiefel haben bunte blümchen,
im frühling hab ich sie gekauft.
Jetzt flitz ich mit gestiefelten blümchen
Durch einen riesigen haufen laub.

Nun sind es nicht mehr frühlingsstiefel,
denn durch die nässe, die gar triefend,
sind meine stiefel zwar noch leck,
doch übervoll mit bunten blättern,
die find ich jetzt sogar noch nett.

Die Blätter kleben an den stiefeln,
ich nehme sie jetzt mit nach haus,
die mutter ruft, s ist zum verzwiefeln,
macht aus den blättern einen strauß.

Im kachelofen-ofenloch
da brutzeln ein paar äpfel,
ich leg kastanien von draußen rein,
die haut springt auf, sie tun dann klepfen.

Unterhaltung

Ich sitze im cafe
Ich hör wohl nicht recht
Es jault hier ein handy
Mir wird schon ganz schlecht
In der anderen ecke quakt schon wieder eins los,
ich denk ich sitz am weiher, was ist denn das bloß?
Beim einen fragt mutter ob zum essen er kommt,
er kommt, wünscht sich pommes mit mayo ganz prompt.
Der andere erzählt vom urologen ganz frisch,
man hört es bis zum fenster am letzten tisch.
Die eine hat streit mit freund nummero zwei,
ich sitz an der garderobe, denk mir nichts dabei.
Doch plötzlich ertönt der bolero mir ins ohr,
es kommt mir wie eine abwechslung vor.
Dann ruhe... der bolero auf's neue erschallt,
da hat jemand vergessen sein handy halt.
Zum dritten, vierten und fünften mal wieder,
der mantel spielt dem ravel seine lieder.
Seither mag ich den bolero nicht mehr,
besser wär's im cafe gäb's keine handies mehr.

Wenn allzu früh der morgen graut,
dann ist der ganze tag versaut!
Doch so gesehn, der tag ist lang,
genieße ihn so lang ich kann.

So ist's auch mit den jahreszeiten,
denn ungeliebt, so lang er liegt...
der schnee... nass, ob ungesiebt,
zu viel von allem macht verdruss.
Drum wer was ändert kriegt nen kuss!

Geisterstunde

Auch geister wollen glücklich sein,
auch geister wollen lieben.
Ein geist, der geistert durch die nacht
Will lieben anstatt fliegen.

Ein geist der schleicht ganz leis' durch's haus,
der geisterich, der schläft,
da fällt der geistin plötzlich ein,
sie kann durch wände fliegen.

Die geistin flutscht durch eine wand,
schwebt über'm geisterich ganz sanft.
Der geisterich der schläft so schön,
die geistin kann das gar nicht sehn.

Die geistin geistert überm geist,
will lieben anstatt fliegen,
doch plötzlich knallt mit einem schrei
die geistin in den schrank hinein.

Was ist passiert, oh jemineh,
der geistin, der tut alles weih.
Der geisterich, der prustete,
derweil im schlaf er hustete.

Die geistin wollte glücklich sein,
die geistin wollte lieben.
Sie geistert wieder durch die nacht,
tut fliegen anstatt lieben.

(für eine freundin)

Es isch scho zum verzwazgerla,
was muss i uf dia... wartzgerla.
Mol hot se koi Zeit weil se isch alloi,
a anders mol weil da Ma isch dahoim.
Dann wieder muass se telefoniera,
oder ihre Fiaß im Wasser balsamiera.
Dann hängt da PC,
zwischadurch au mol sie,
i renn immer wieder do her
i bin scho ganz hie!

Mit heitigem Beschluss han i ganz alloi beschlossa,
damit weniger Fruscht, wird nu no oi Mail am Dag
in da Äther neigschossa!
Oine von dir und oine von mir,
des reicht ganz guat aus fir a bissle Plaisir!
Jetzt hoff i no du hosch alles verschtanda,
sonscht muass i no ibersetza bevor i
ins Bett tua nei ganga.

Wochenende

nun endlich ist es da das ende
ich meine doch das wochenende
an andre enden denk ich nicht
schon gar an negative nicht

die einen liegen faul im bett
die andren putzen um die wett'
zum einkaufsbummel zieht's die einen
's geld ist perdu, es ist zum weinen

ein andrer wienert die karosse
familie z. wandert zum schlosse
die nachbarn fahren an den see
jetzt sind sie weg, ich ruf juche!

die sonne scheint, ich will nach draußen
lass arbeit liegen, es ist zum grausen
doch plötzlich ring ich meine hände
denn immer noch ist's wochenende

es regnet wieder bindefäden,
wo soll ich in die sonn mich legen
na klar, es ist ja wochenende
das schöne wetter hat ein ende

Die brezel

Der schwaben klugheit ist bekannt
Im ausland und im ganzen land.
Doch manchem ist sie auch ein rätsel -
Die lösung heißt: die laugenbrezel
Auch „ohne" gibt dem hirn sie kraft,
beschmiert mit butter - sagenhaft!
So erleuchtet sie den dümmsten dackel,
vom bodensee bis rauf nach kappel.
Dann belauschte ich einen dialog,
keine schwaben, keine frog.

Herrje, i mag's jo kaum glauba,
dia zwoi mögat dia Dinger mit de Lauga.
Se sind gradzua druff versessa,
müassad laufend jetzt dia Brezla essa.
Da Kopf der qualmt,
da IQ brummt,
jo hoffentlich bleibet ihr gesund!
Denn nu von Brezla und IQ
lebt it amol dia gsündascht Kuh.
Den langsam, ihr dürfat den Schwob doch it übertrumpfa
mei Hirn fängt jetzt scho a zu schrumpfa.
Geteiltes Leid isch halbes Leid,
mir wellet doch koin Klugheitsneid!
oine du und oine ich,
mir teilet bruderschwesterlich!

Frühling
die Sonne kitzelt mich an der Nase
dir Kirschbäume blühen
Löwenzahn
dicke Hummeln schlecken Nektar

Frühling
zum ersten Mal Rasen mähen
Gänseblümchen bleiben am Leben
Ringmuster
die Bienen danken dafür

Frühling
Wechselspiel der Gefühle
ich bin alleine
Sehnsucht
ein bunter Schmetterling tröstet

Frühling
das Leben erwacht mit zarten Farben
die Vögel zwitschern
erwachendes Leben
ich freue mich auf Sonntag

Sammelsurium

Worte
Worte schmerzen
Worte heilen
Worte scherzen
Worte tun so gut
Sie bröseln über deine lippen
Du küsst sie ab
Sie schmecken gut
Worte die schmerzen
Schmecken nach sand
Worte die heilen
Schmecken nach einem fernen land
Worte die scherzen
Schmecken wie bunte kaugummis
Worte die gut tun
Schmecken wie honig süß

Worte schmerzen
Worte heilen
Worte scherzen
Worte tun so gut
Wenn sie nicht kommen
Kannst du sie nicht küssen
Ihren geschmack musst du missen
Sie bröseln nicht
Sie kommen nicht
Sie schweigen nur
Sie fließen als tränen aus deinen augen
Als unausgesprochen -
Salz pur

Ich höre

Ich höre wieder farben swingen
Zur melodie möchte ich singen

Ich höre wie die sonne knistert
Ein engelchen hat's mir gewispert

Ich höre wie die wolken schweben
Trotz allem - schön ist's das leben

Ich höre wie ein haar fällt runter
So langsam werd ich wieder munter

Ich höre engelflügel flüstern
Die welt fängt wieder an zu wispern

Ich höre wie die seele lacht
Na, hab ich das nicht gut gemacht?

Manchmal höre ich eine stille
Ich glaube die sekunden zu hören
Sie singen wie feinstes glas gegen glas
Dann wieder höre ich die minuten
Sie tröpfeln wie regen an mein fenster
Die stunden und tage
Tropfen in einen
Ozean der ewigkeit
Am ende entsteht ein tropfen
Gefüllt mit den klängen und bildern der jahre
Mein leben

Zum guten schluss
Zum guten ende
Mein leben nahm
Eine ganz andre wende
Ich sehe oft dinge
Aus einer ganz andren sicht
- so schlecht ist das nicht -